LA CASA DE LA LAVANDA

VALENTINA MARQUIS

DEDICACIÓN

A todas las drag queens de todo el mundo, gracias. Nos enseñas el arte de la resiliencia, la belleza de la autenticidad y el coraje de la visibilidad. Con cada paso en el escenario, desafías las normas, inspiras el cambio y celebras todo el espectro de la humanidad con una brillantez y un corazón incomparables. Este libro está dedicado a ustedes, los verdaderos héroes que se transforman no solo a sí mismos sino al mundo que los rodea, mostrándonos a todos lo que realmente significa brillar. Tu luz es un faro para los valientes y los audaces. Gracias por liderar el camino con amor, risas y fabulosidad.

CONTENIDO

PRÓLOGO

En el corazón de una ciudad bulliciosa, bajo el resplandor de una luna de neón, la Casa de la Lavanda se erigió como un faro de desafío y santuario. Era más que un hogar; Era un escenario para los rechazados, un refugio para los perseguidos y una galería de los incomprendidos. Aquí, entre las cortinas ondeantes y los ecos de las risas, las historias de coraje y transformación se tejían en las mismas paredes, cosidas entre capas de seda y sombra.

Alex, un hombre que alguna vez había observado el mundo desde la barrera, se encontró en el centro de atención en las circunstancias más desgarradoras. Al ser testigo de un crimen que podría costarle la vida, huyó no a la oscuridad, sino al abrazo de un refugio improbable: una casa llena del drag queens más audaces y brillantes. Estas reinas no solo llevaban sus cicatrices como insignias; Los pintaban de purpurina y bailaban bajo los focos, convirtiendo el dolor en un espectáculo de fuerza.

Pero incluso cuando Alex comenzó a coser su vida de nuevo, los hilos de su pasado tiraron de él, figuras oscuras acechando justo detrás de las luces del escenario, observando, esperando. La Casa de la Lavanda, con sus vibrantes ocupantes y sus paredes repletas de historias, le enseñó que esconderse no era lo mismo que desaparecer. Le enseñó que la forma más verdadera de desafío era ser vista, plenamente y sin disculpas.

Esta es una historia de metamorfosis; de las máscaras que usamos y de las verdades que revelamos. Se trata de encontrar a la familia en lugares inesperados y descubrir que, a veces, la luz más brillante proviene de la más oscura de las sombras. Bienvenidos a la Casa de la Lavanda, donde cada eco tiene una historia, y cada sombra nos enseña algo sobre la luz.

UN TESTIGO DISFRAZADO

El Sapphire Lounge era un corazón palpitante en la vibrante vida nocturna de la ciudad, palpitando con los últimos ritmos y bañado en brillantes luces de neón. Alex Masters se apoyó casualmente contra la barra, su sonrisa confiada complementada por el ajuste entallado de su camisa que insinuaba un físico bien cuidado. Estaba en su elemento, rodeado por la multitud de fin de semana de bailarines despreocupados y románticos esperanzados.

Mientras coqueteaba sin esfuerzo con una

mujer cuya risa se mezclaba perfectamente con el ritmo de la música, un cambio repentino en la atmósfera llamó su atención. El aire se volvió tenso, un marcado contraste con el alegre jolgorio. Despertada la curiosidad, Alex se excusó con un guiño encantador y se abrió paso entre la densa multitud hacia la conmoción en la parte trasera del club.

Oculto por las sombras, observó con horror cómo se desarrollaba una escena sombría. Un hombre, cuyo costoso traje hacía poco para ocultar su comportamiento peligroso, presionó una pistola contra la frente de un tembloroso asistente al club. El frío resplandor del arma fue la única advertencia antes de que se disparara, un sonido amortiguado por la música pero inconfundiblemente mortal. El cuerpo golpeó el suelo con un ruido sordo que resonó en los oídos de Alex.

Los ojos del asesino, fríos y calculadores, recorrieron la zona y se fijaron en Alex. Con el corazón palpitante, Alex se dio cuenta de que había sido visto presenciando el asesinato. Ahora era un objetivo.

Antes de que pudiera procesar su siguiente movimiento, el ulular de las sirenas de la policía llenó el aire, haciéndose más fuerte a medida que se acercaban. El pánico se apoderó de él mientras los clubbers gritaban y se peleaban, pero Alex se encontró agarrado firmemente por el brazo. Se giró para mirar a un oficial de policía vestido de civil, quien rápidamente mostró una placa.

"¿Alex Masters? Estás en peligro. Tenemos que moverte ahora", dijo el oficial, con una clara urgencia en su voz.

Empujado a través de la multitud en pánico, Alex fue escoltado fuera del club y hacia el aire frío de la noche. Apenas tuvo tiempo de registrar el frío contra su piel antes de ser metido en una camioneta negra sin identificación. El vehículo se alejó a toda velocidad, dejando atrás el caos y las luces intermitentes de los coches de policía que ahora pululaban por el club.

Dentro de la camioneta, el ambiente era tenso. "El Cartel de Mendoza no ve bien a los testigos. Viste la cara de su sicario; Eres un cabo suelto que querrán atar rápido", explicó la oficial mientras navegaba por las calles de la ciudad.

"Te llevaremos a un lugar donde a nadie se le ocurriría buscarte", agregó su compañero, dándole a Alex una mirada comprensiva. "La Casa de la Lavanda. Es una especie de casa segura, a su manera".

Alex, todavía procesando los impactantes acontecimientos de la noche, frunció el ceño. "¿La Casa de la Lavanda? ¿Qué es eso, una especie de spa?

"Es una casa llena de drag queens", respondió la mujer sin perder el ritmo, revisando sus espejos en busca de colas. "Se están preparando para una gran competencia. Te integrarás mejor de lo que crees".

Cuando la camioneta se detuvo en una mansión victoriana pintada de colores brillantes, adornada con luces brillantes y decoraciones extravagantes, la aprensión de Alex creció. El sonido de la música y las risas se derramaron cuando la puerta se abrió, chocando con la sombría realidad de su situación.

De pie en la entrada estaba la señorita Electra, una visión con lentejuelas y el pelo perfectamente peinado, que miraba a Alex con una mezcla de diversión y escrutinio. "Bienvenida a la Casa de la Lavanda, cariño. Soy la señorita Electra, y seré tu ángel de la guarda, o tu demonio, dependiendo de lo cooperativa que seas.

Alex vaciló, la incomodidad aumentaba. "Mira, agradezco la ayuda, pero no voy a…."

—Cariño, para cuando terminemos, ni siquiera el espejo te reconocerá —intervino la señorita Electra con un guiño, guiándolo hacia adentro—. "Por ahora, centrémonos en mantenerte con vida. Podemos discutir sobre las elecciones de vestuario más adelante".

A medida que avanzaba la noche, Alex se vio atraído a un mundo inesperado. Las reinas no solo eran artistas, sino guerreras por derecho propio, cada una con una historia más convincente que la anterior. Rodeado de su fuerza y solidaridad, los prejuicios iniciales de Alex comenzaron a desmoronarse, revelando las primeras grietas en su armadura.

Capítulo 2

NUEVO REFUGIO

Alex cruzó el umbral de la Casa de la Lavanda, sus sentidos inmediatamente asaltados por una cacofonía de imágenes, sonidos y olores. La purpurina parecía ser un elemento estructural aquí, y el aire era una mezcla embriagadora de perfume, laca para el cabello y algo que sospechosamente olía a tostadas quemadas.

La señorita Electra, al ver su perplejidad con los ojos muy abiertos, pasó su brazo por el suyo. "Bienvenida al manicomio, cariño. Primera regla del drag: nunca dejes que te vean sudar... a menos que sea bajo las luces del escenario".

Mientras caminaban por el pasillo, los retratos de las leyendas drag lo miraban fijamente, sus ojos seguían a cada turista desconcertado como una fila de tías juzgadoras en una reunión familiar. Las paredes eran un vibrante mosaico de boas de plumas y vestidos de lentejuelas.

En la sala de estar principal, un grupo de drag queens estaban acurrucadas alrededor de una computadora portátil, viendo un video de actuación. Levantaron la vista cuando la señorita Electra anunció: "Damas y caballeros y aquellos que se niegan a conformarse, conozcan a nuestro nuevo huésped: Alex, el voyeur accidental".

Una reina con pestañas tan largas que podrían haber sido utilizadas como plumeros miró a Alex con los ojos. "Ooh, un espía. Qué James Bond. Excepto que nuestro Bond aquí fue atrapado en su primera misión".

"Cariño, por aquí, no nos pillan; Recibimos aplausos", bromeó otra, con un maquillaje tan brillante y colorido que podría haber dirigido el tráfico del aeropuerto.

Alex, sin saber cómo responder, esbozó una sonrisa tensa. La señorita Electra lo empujó suavemente hacia delante. "No te preocupes, solo están bromeando. Aquí todos somos familia, disfuncionales, claro, pero familia al fin y al cabo".

Lo condujo a lo que sería su habitación. Era

menos una habitación y más una explosión en una fábrica de pinturas. – Te quedarás con Tanya Tuck. Está comprando... más purpurina, supongo. ¡Pero siéntete como en casa!"

Mientras estaba sentado en la cama, un resorte chirrió ominosamente. —Genial —murmuró Alex—, incluso los muebles tienen sentido del humor.

Más tarde, durante la cena, un brebaje que desafiaba la categorización culinaria, Alex trató de mezclarse. Las reinas compartieron historias de sus primeras veces en el escenario, cada historia más divertida y conmovedora que la anterior.

Cuando llegó su turno de compartir algo, Alex decidió probar el humor. "Bueno, la primera vez que me disfrazé fue para una fiesta de Halloween. Fui como un 'estudiante universitario arruinado': vestía mi ropa normal y llevaba un libro de texto. Gané el premio al 'Disfraz más realista'".

La mesa estalló en carcajadas. La señorita Electra asintió con aprobación. "Mira, le estás cogiendo el tranquillo. Por aquí, si puedes reírte de ti mismo, eres oro".

A medida que avanzaba la noche, Alex comenzó a sentirse menos como un extraño. Las risas, las historias e incluso la extraña cena comenzaron a hacer que este extraño mundo nuevo se sintiera un poco como en casa.

Capítulo 3

UNA LLAMADA CERCANA

Alex se despertó con el sonido de "Run the World" de Beyoncé sonando a todo volumen en la Casa de la Lavanda. Gimiendo, hundió la cara en la almohada. Aparentemente, aquí, las "mañanas tranquilas" eran un mito a la altura de la "tarta de queso baja en calorías". Al llegar a trompicones al pasillo, Alex se vio arrastrado a una rutina de baile improvisada dirigida por la señorita Electra, quien parecía creer que el ejercicio matutino debería sentirse como una audición de Broadway.

—Piensa en ello como un café para el alma —dijo Electra, poniéndole una boa de plumas en las manos y tirando de él hacia la refriega—. Los dos pies izquierdos de Alex lo hicieron destacar, pero no de la manera que uno podría esperar.

Las reinas se estaban preparando para un gran evento: la competencia regional de drag conocida como "The Glitter Gala". Alex fue asignado para encarnar a David Bowie, mezclando glam rock con tacones altos. Practicó su pavoneo, que se parecía más a un tambaleo, para diversión de sus compañeros de casa. "Cariño, el secreto es deslizarse, no chocar", aconsejó Tanya Tuck, demostrando una forma de caminar que de alguna manera equilibraba perfectamente la dignidad y una peluca que desafía la física.

Una tarde, la educación de Alex continuó con un curso intensivo de sincronización de labios. "La clave es hacer mímica con pasión", instruyó Glitter Gary. "Finge que estás convenciendo a una abuela sorda de que no tienes hambre". Los intentos de Alex comenzaron siendo difíciles, pero con el tiempo, su discurso podría haber engañado incluso al lector de labios más crítico en una ópera muda.

Luego vino el reto de los tacones altos. A Alex le dieron unos tacones de aguja tan altos que deberían haber venido con una etiqueta de advertencia y oxígeno. Su intento inicial de caminar fue menos de pasarela, más de niño pequeño sobre hielo. Las reinas se reunieron, ofreciendo comentarios de "apoyo". "Cariño, parece que estás tratando de pisotear a las hormigas invisibles", bromeó Divina DeCampo.

los días pasaron, Alex se volvió más hábil y sus relaciones dentro de la casa se profundizaron. Estos vínculos se pusieron a prueba una noche cuando Tanya, mirando por una ventana, vio una figura sospechosa acechando cerca del jardín. La respuesta de la casa no se hizo esperar: luces apagadas, todo el mundo en una habitación, conteniendo la respiración. La figura resultó ser solo un vecino entrometido que sentía curiosidad por la conmoción que suele rodear a su infame casa, pero el susto dejó una marca, lo que provocó la instalación de cámaras de seguridad.

Con "The Glitter Gala" a la vuelta de la esquina, el incidente los unió momentáneamente en un ataque de paranoia protectora que de alguna manera se transformó en un animado debate sobre las mejores defensas de diva, que van desde las notas altas de Whitney Houston como escudo auditivo hasta el sostén puntiagudo de Madonna como armadura literal.

En la noche de la gala, Alex, ataviado con un conjunto de Ziggy Stardust completo con brillo y entusiasmo, subió al escenario. Si los nervios eran mariposas, él era un santuario andante. Sin embargo, cuando la música comenzó, algo mágico sucedió. Alex se transformó. Sus movimientos, antes torpes, ahora tenían la confianza y el estilo de una reina experimentada. Su actuación no fue solo una imitación, sino un homenaje, ganándose rugidos de aprobación de una audiencia que incluía a su nueva familia, vitoreando más fuerte.

Después de la competencia, las reinas regresaron a su santuario, con los trofeos en la mano y el corazón lleno. Celebraron no solo su victoria en tercer lugar, sino el viaje que habían compartido. Alex, que alguna vez fue un extraño, ahora se encontraba en medio de risas genuinas, bromas familiares extravagantes y un sentido de pertenencia que era tan sorprendente como encantador.

Capítulo 4

BAJO LA PURPURINA

La Casa de la Lavanda estaba llena de emoción y nervios mientras las reinas se preparaban para la competencia regional de drag, conocida entre la comunidad como "La Gala de la Purpurina". Este evento anual fue un espectáculo de lentejuelas, canciones y descaro, y por primera vez, Alex no fue solo un espectador, sino un participante. La señorita Electra, siempre la figura materna de los tacones de aguja, había decidido que Alex estaba preparada para algo más que mirar desde la barrera.

A Alex se le asignó un segmento que

rendiría homenaje al legendario David Bowie. Su tarea no era solo personificar sino canalizar al ícono, mezclando el glam rock andrógino de Bowie con la feminidad exagerada del drag. La preparación fue intensa; incluía todo, desde dominar los distintos estilos vocales de Bowie hasta adoptar su aplomo etéreo y de otro mundo.

Alex practicó caminar con sus brillantes botas de plataforma por la casa, tratando de mantener el equilibrio mientras Tanya Tuck ofrecía consejos sobre cómo convertir un tropiezo en parte de la actuación: "¡Hazlo parte del baile, cariño, cada vacilación es un paso disfrazado!"

A medida que se acercaba el día de la competencia, las bromas habituales de la casa se mezclaron con episodios de frenéticas pruebas de vestuario y cambios de última hora en las rutinas. Una noche, mientras todos estaban reunidos alrededor de la desordenada mesa del comedor cubierta de tela y plumas, el ambiente era electrizante con creatividad y camaradería.

La señorita Electra, que supervisaba el caos como una general en el campo, no pudo evitar notar la creciente confianza de Alex. "Mírate, hijo mío, casi listo para arrebatarte la corona tú mismo", bromeó mientras le colocaba una gargantilla brillante alrededor del cuello.

Sin embargo, no todo fue purpurina y glamour. La noche antes de la gala, mientras Alex perfeccionaba su maquillaje en el espejo, vio una sombra moviéndose fuera de la ventana. Su corazón dio un vuelco. Mirando en la oscuridad, no vio nada, pero se sintió incómodo. Decidió mencionárselo a la señorita Electra, quien aumentó la seguridad, añadiendo una nota de tensión al aire.

Finalmente llegó el día de "The Glitter Gala", y las reinas subieron a su camioneta, un vehículo tan extravagante como sus pasajeros, ataviado de rosa y morado, con pestañas dibujadas sobre los faros. Alex sintió una mezcla de emoción y nervios revueltos en su estómago cuando se acercaron al lugar, un gran teatro antiguo que olía a historia y laca para el cabello.

En el backstage, las reinas se ayudaron mutuamente con los últimos toques de maquillaje y ajustes de vestuario. Alex, ahora completamente transformado en su personaje de Bowie, sintió que una extraña calma se apoderaba de él. Miró a su alrededor a su nueva familia, sus rostros iluminados por el suave resplandor de los espejos de tocador, y sintió una abrumadora sensación de orgullo y pertenencia.

Cuando llegó su turno de actuar, Alex subió al escenario con una presencia que nunca supo que poseía. El foco de atención lo golpeó y, por un momento, ya no era Alex, sino Stardust encarnado. Su actuación fue una fascinante mezcla de música y movimiento, capturando la esencia de Bowie tan vívidamente que el público quedó asombrado.

Los aplausos fueron atronadores, los vítores llenos de genuina admiración. Al salir del escenario, su corazón latía con fuerza no solo por la actuación, sino por darse cuenta de lo mucho que había cambiado desde que llegó a la Casa de la Lavanda. Ya no era el hombre que había entrado a trompicones en la casa; Era parte de algo más grande, algo hermoso.

Mientras las reinas celebraban su actuación, independientemente del resultado, se reunieron alrededor de Alex, levantándolo sobre sus hombros. "¡A Alex, la estrella que cayó a la tierra y se elevó como uno de nosotros!" —exclamó la señorita Electra, y la sala estalló en vítores.

De vuelta en la casa, el ambiente era de júbilo. Habían quedado en tercer lugar, una posición respetable dada la feroz competencia. Pero lo más importante es que habían triunfado por derecho propio, y

Alex ahora era uno de ellos, brillando bajo el brillo.

Capítulo 5

ECOS DEL PELIGRO

Recién salidos de su regreso triunfal de "La Gala de la Purpurina", el ambiente en la Casa de la Lavanda era de celebración jubilosa mezclada con alivio. Las reinas no solo habían demostrado su valía en el escenario, sino que también habían profundizado sus lazos como familia elegida. En medio de las risas y la narración que siguieron, Alex sintió un abrumador sentido de pertenencia. Se había transformado de un forastero que buscaba refugio a un miembro integral de esta vibrante comunidad.

En los días que siguieron, la vida en la Casa de la Lavanda retomó su ritmo habitual de ensayos y jolgorio. Alex, ahora más cómodo que nunca en sus tacones, se unió a la señorita Electra para tomar el café de la mañana, un nuevo ritual que incluía revisar las cintas de las actuaciones y discutir los matices de la presencia en el escenario. Fue durante una de estas sesiones cuando la señorita Electra desvió la conversación hacia un tema más serio.

"Sabes, cariño, el escenario no se trata solo de ser el centro de atención. También se trata de las sombras que proyecta", reflexionó, sus ojos reflejando una mezcla de sabiduría y advertencia. "Mantente siempre atento a lo que acecha en ellos". Sus palabras, aunque crípticas, le recordaron a Alex el peligro siempre presente que se cernía a las afueras de su colorido santuario.

El recuerdo de su precaria situación se hizo muy real una tarde cuando Alex notó una serie de llamadas perdidas en su teléfono desechable, el que le dio la policía para emergencias. Las llamadas provenían de un número desconocido y un nudo de ansiedad se apretó en su estómago. Decidió ignorarlos, pero la semilla del malestar había sido plantada.

Esa noche, mientras la casa se preparaba para un espectáculo improvisado de drag en su patio trasero, un evento brillante destinado a agradecer a sus seguidores locales, Alex no pudo evitar la sensación de ser observado. Las imponentes vallas y las cámaras de seguridad recién instaladas ofrecían poca tranquilidad. Sus preocupaciones eran compartidas en voz baja con Tanya Tuck, quien se había convertido en su confidente.

"Tenemos ojos por todas partes y, sin embargo, parece que somos nosotros los que estamos siendo vistos", susurró Alex mientras se ajustaban los trajes. Tanya, siempre pragmática, le dio unas palmaditas en el hombro con una sonrisa tranquilizadora.

"Entonces démosles un espectáculo que no olvidarán", bromeó, su optimismo contrastaba con la creciente preocupación de Alex.

Al caer la noche y el patio trasero se llenó de una multitud entusiasta, el espectáculo comenzó con el estilo habitual. Alex, vestido con su atuendo más deslumbrante hasta el momento, actuó con un vigor que desmentía su agitación interna. Los vítores de la multitud lo inundaron, un bálsamo temporal para sus miedos.

Sin embargo, a mitad del espectáculo, Alex vio una figura en la parte trasera de la multitud, parcialmente oculta por las sombras. La figura apuntaba lo que parecía una cámara en su dirección. Con el corazón palpitante, Alex le hizo una seña a la señorita Electra, quien maniobró sutilmente la actuación para bloquear la vista.

La figura pronto desapareció, pero el incidente dejó un impacto escalofriante, interrumpiendo las festividades de la noche. Las reinas se reunieron en el interior; Su risa fue reemplazada por murmullos preocupados.

"Necesitamos reforzar la seguridad. Ya no se trata solo de ganar coronas —declaró la señorita Electra, con su habitual extravagancia atenuada por el peso de su responsabilidad—.

Al día siguiente, llamaron a la policía local para que revisara las imágenes de las cámaras de seguridad. Aunque no pudieron identificar de manera concluyente la misteriosa figura, acordaron aumentar las patrullas alrededor de la zona.

Tranquilizado pero no relajado, Alex pasó los días siguientes reflexionando sobre su viaje. Había abrazado una nueva identidad, había encontrado valor en los tacones y había descubierto una familia en los lugares más inesperados. Sin embargo, la sombra del peligro le recordó que su transformación no estaba exenta de riesgos.

Mientras Alex miraba a su alrededor las coloridas paredes de la Casa de la Lavanda, cada una adornada con retratos de leyendas drag pasadas y presentes, se dio cuenta de que su legado no se trataba solo de la ostentación y el glamour, sino también de la resiliencia frente a la adversidad. Estaba decidido a mantener ese legado, pasara lo que pasara.

Capítulo 6

REFLECTORES Y SOMBRAS

La Casa de la Lavanda nunca había sido sólo un hogar; Era una fortaleza de plumas y lentejuelas, donde cada risa era un desafío al mundo exterior más oscuro. A medida que pasaban las semanas, la sombra que se cernía sobre Alex crecía, pero también lo hacía su determinación y apego a su nueva familia. La señorita Electra, sintiendo su ansiedad mezclada con determinación, se encargó de guiarlo no solo en las artes del drag, sino también en las artes de la resiliencia.

Una mañana fresca, mientras la casa aún

dormía, Alex se encontró tomando café con la señorita Electra en la cocina, un raro momento de tranquilidad en la casa, por lo demás bulliciosa. —Sabes, querida, cuanto más brillante es el foco, más oscuras son las sombras —dijo la señorita Electra, con voz suave pero seria—. "Pero recuerda, las sombras solo significan que hay una luz brillando en alguna parte. No dejes que las partes oscuras te asusten demasiado".

Su conversación fue interrumpida por una risa estridente proveniente de la sala de estar donde Tanya Tuck y Glitter Gary intentaban coreografiar un nuevo número, que involucraba una bola de discoteca, dos boas de plumas y un monociclo. Lo absurdo de la escena hizo sonreír a Alex, un recordatorio de por qué este lugar se había vuelto tan querido para él.

Más tarde ese día, la casa recibió una invitación para actuar en un baile benéfico de alto perfil, un evento que prometía no solo recaudar fondos para organizaciones benéficas LGBTQ+ locales, sino también elevar el estatus de House of Lavender en la comunidad drag. Las reinas zumbaban de emoción, lanzándose a los preparativos. A Alex se le encargó una actuación en solitario, un tributo a las leyendas musicales, que sería su aparición más pública hasta el momento.

A medida que se acercaba el evento, los ensayos se intensificaron. Alex pasaba horas en el estudio, su cuerpo se movía al ritmo de la música, su mente ocasionalmente se dirigía a la misteriosa figura que lo había estado observando. El miedo a ser descubierto por el cártel se cernía sobre él, pero los aplausos y las risas de sus hermanas durante los ensayos le recordaban por qué estaba luchando: la libertad, en más de un sentido.

Llegó la noche del baile benéfico y las reinas de la Casa de la Lavanda hicieron su entrada, envueltas en sus atuendos más extravagantes. El lugar era un gran salón de baile, adornado con candelabros y elegantes cortinas, lleno de la élite de la ciudad. Alex, vestido como Freddie Mercury, sintió la adrenalina al subir al escenario. Su actuación fue una deslumbrante exhibición de destreza vocal y talento teatral, lo que le valió una ovación de pie.

Sin embargo, en medio de los aplausos, los ojos de Alex se fijaron en una figura que se retiraba por una puerta lateral, un hombre cuya mirada se había demorado demasiado. Su corazón dio un vuelco. ¿Estuvo aquí el cártel? Se excusó de las celebraciones y lo siguió discretamente, solo para encontrar al hombre repartiendo volantes para otro evento. El alivio se apoderó de Alex, aunque estaba teñido de frustración por su propia paranoia.

De vuelta en la fiesta, las reinas celebraron su éxito, sin darse cuenta del breve susto de Alex. Regresaron a casa de madrugada, con el ánimo en alto y las risas llenando la furgoneta. Sin embargo, a medida que las luces de la ciudad pasaban borrosas, los pensamientos de Alex eran sombríos. La velada había sido un triunfo, pero cada aparición pública era un riesgo. Se dio cuenta de que, si bien podía aceptar su nueva personalidad en el escenario, tenía que proteger su verdadera identidad con más cuidado que nunca.

En los días siguientes, Alex tomó medidas para mejorar su seguridad, cambiando sus rutinas y manteniendo un perfil más bajo cuando estaba fuera de la Casa de la Lavanda. Sabía que no podía bajar la guardia, no cuando había tanto en juego. Sin embargo, en medio del miedo y la precaución, Alex encontró fuerza en el centro de atención, los vítores de la multitud fueron un recordatorio de que no solo se estaba escondiendo; Estaba prosperando, con sombras y todo.

Capítulo 7

REFLEXIONES Y REVELACIONES

A medida que el otoño descendía sobre la ciudad, la Casa de la Lavanda se convirtió en un hervidero de actividad, preparándose para el próximo festival drag, un punto culminante de su calendario y un evento que prometía reunir a las estrellas más brillantes de la comunidad drag. En medio del torbellino de preparativos, Alex se encontró más introspectivo, ya que los acontecimientos recientes habían despertado una contemplación más profunda sobre su viaje y el camino que tenía por delante.

Una noche fría, mientras revisaba una variedad de disfraces en el ático con la señorita Electra, Alex se topó con un viejo álbum de fotos lleno de fotos de drag queens de décadas pasadas. Los dos se instalaron en un mar de terciopelo y encaje, hojeando las páginas. La señorita Electra narraba historias de cada reina, con la voz teñida de nostalgia y orgullo. "Estos fueron los pioneros, cariño", dijo, señalando una foto en blanco y negro de una reina que irradiaba confianza y desafío. "Pavimentaron la pista en la que nos pavoneamos hoy".

Inspirado por las historias, Alex sintió un renovado sentido de propósito. Los peligros a los que se enfrentaba parecían menos formidables cuando se presentaban a la luz de las luchas y triunfos de estos pioneros. Fue durante estos momentos de vulnerabilidad y de historia compartida que Alex realmente apreció la profundidad del legado del que se estaba convirtiendo en parte.

La preparación para el festival continuó, con cada reina contribuyendo con su estilo y experiencia únicos. Alex, que había crecido tanto en habilidad como en confianza, tuvo el honor de diseñar un segmento del programa. Eligió crear una actuación que celebrara la historia del drag, entretejiendo elementos de las historias que la señorita Electra había compartido. Era un proyecto que se sentía profundamente personal, y él puso su corazón en coreografiar cada paso y seleccionar cada canción.

A medida que se acercaba el festival, una excitación nerviosa impregnaba la Casa de la Lavanda. La noche anterior al evento, las reinas se reunieron en la sala de estar, con sus rostros iluminados por el suave resplandor de la chimenea. Compartieron sus esperanzas y sueños para el festival, y cada voz se sumó a un tapiz de ambición colectiva y aspiración individual. Alex escuchó, su corazón se hinchaba de afecto y admiración por estas personas extraordinarias que se habían convertido en su familia.

El día del festival amaneció claro y brillante, el aire fresco se llenó del aroma de las hojas de otoño. El lugar era un caleidoscopio de color y sonido, con reinas de toda la región que descendían con una deslumbrante variedad de disfraces. El segmento de Alex fue un éxito, el público se conmovió con el homenaje al drag queens de antaño. Su actuación, una mezcla de glamour vintage y toque moderno, recibió un estruendoso aplauso, afirmando su lugar en esta vibrante comunidad.

Sin embargo, en medio de las celebraciones, los ojos de Alex escudriñaban constantemente a la multitud, el miedo a ser reconocido por alguien de su pasado nunca estaba lejos de su mente. Su paranoia se intensificó cuando notó algunas caras desconocidas que permanecían cerca del escenario, sus expresiones eran ilegibles. Su preocupación creció cuando se vio a uno de ellos hablando con un guardia de seguridad, gesticulando sutilmente hacia donde Alex estaba firmando autógrafos.

El incidente ensombreció la noche y, a pesar del éxito del festival, Alex regresó a casa con el corazón apesadumbrado. Confió sus temores a la señorita Electra, que escuchó atentamente antes de ofrecerle su habitual mezcla de consuelo y consejos pragmáticos. "No podemos dejar que el miedo dicte nuestras vidas, pero debemos ser inteligentes, inteligentes y estar preparados", dijo, con la mano apoyada en su hombro para tranquilizarlo.

Esa noche, Alex permaneció despierto, reflexionando sobre los acontecimientos del día y el precario equilibrio de su vida, celebrada en el escenario, pero oculta en las sombras. Era una dicotomía que todavía estaba aprendiendo a navegar, cada día presentaba nuevos desafíos y reafirmaba su determinación no solo de sobrevivir sino de prosperar.

Capítulo 8

LOS HILOS INVISIBLES

Las semanas posteriores al festival drag fueron un torbellino de elogios y ansiedad para Alex. El festival no solo había sido un triunfo para la Casa de la Lavanda, sino que también había catapultado a Alex al centro de atención, lo que le valió invitaciones para actuar como invitado en varios lugares de alto perfil en toda la ciudad. Si bien este reconocimiento lo emocionó, también amplificó sus temores de exposición. Cada aplauso de la audiencia se reflejaba en un susurro de precaución en el fondo de su mente.

A medida que el otoño se hacía más profundo, los días se hacían más cortos y las noches más largas, lo que daba una tranquilidad espeluznante a las noches en la Casa de la Lavanda. Fue durante una de esas noches, mientras practicaba su rutina en el estudio con poca luz, que Alex notó un destello de movimiento fuera de la ventana. Mirando en la oscuridad, no vio nada más que el susurro de las hojas otoñales. El momento, aunque fugaz, lo dejó conmocionado, un crudo recordatorio del peligro que acechaba más allá de las luces del escenario.

Decidido a no dejar que el miedo ensombreciera sus logros, Alex se entregó a su trabajo con renovado vigor. Diseñó un nuevo acto que no solo deslumbraría con su creatividad, sino que también serviría como una liberación catártica de la creciente presión. El acto, una interpretación dramática de un ave fénix que resurge de las cenizas, fue tanto una metáfora de su propio resurgimiento como una respuesta desafiante a las amenazas que enfrentó.

Mientras tanto, la camaradería dentro de la Casa de la Lavanda se hizo más fuerte. La señorita Electra, siempre perspicaz, tomó nota de la creciente ansiedad de Alex y organizó un retiro de fin de semana para la casa. La escapada, ambientada en una cabaña aislada rodeada de la serena belleza de la naturaleza, fue una oportunidad para que todos se relajaran y se unieran lejos del caos de la ciudad.

Durante el retiro, alrededor de una fogata

crepitante bajo el cielo estrellado, las reinas compartieron historias de sus propios miedos y cómo los superaron. Alex escuchó, con el corazón apesadumbrado pero esperanzado, sacando fuerzas de la resiliencia colectiva de su nueva familia. Fue durante esta reunión íntima que se dio cuenta de que no importaba cuán desafiante fuera el camino, no lo estaba recorriendo solo.

Una noche, después de regresar del retiro, Alex recibió una nota anónima deslizada por debajo de su puerta. El mensaje era críptico, una simple cita: "Las llamas más brillantes proyectan las sombras más oscuras". La nota, sin firmar e inquietante, despertó en él una mezcla de motivación y temor. ¿Fue una advertencia, una amenaza o tal vez un estímulo de un admirador secreto consciente de sus luchas?

Los días siguientes estuvieron teñidos de una sensación de cautelosa vigilancia. Alex y las reinas revisaron sus medidas de seguridad, asegurándose de que su santuario permaneciera protegido. A pesar de la corriente subterránea de tensión, la vida en la Casa de la Lavanda continuó con su habitual estilo dramático y fabuloso.

En una noche fresca, mientras Alex se preparaba para una gran actuación en una gala de la ciudad, reflexionó sobre el mensaje de la nota. Vestido con su traje de fénix, con plumas adornadas con piedras brillantes, se paró detrás del escenario, con el peso del momento sobre sus hombros. Cuando se convirtió en el centro de atención, con los vítores de la multitud creciendo a su alrededor, Alex sintió una oleada de empoderamiento. Con cada movimiento, cada nota, se despojaba del peso de sus miedos, y su actuación era un testimonio ardiente de su viaje desde las cenizas de su pasado hasta la brillantez de su presente.

En el backstage, después de que cayeran las cortinas y los aplausos se apagaran, Alex sintió un profundo cambio dentro de él. Las amenazas, aunque no disminuyeron, parecían menos desalentadoras. Sabía que el camino por delante estaría lleno de desafíos, pero estaba listo para enfrentarlos con el coraje y el apoyo de su familia drag.

Capítulo 9

UNA DANZA CON SOMBRAS

Después de su actuación en el fénix, que encendió los corazones de muchos y estableció aún más su floreciente reputación, Alex se encontró en una encrucijada de celebración y precaución. La actuación en la gala había sido un triunfo, y empezaron a llegar ofertas de apariciones y entrevistas, cada una de las cuales prometía una mayor exposición, un arma de doble filo que Alex era cada vez más cauteloso a la hora de empuñar.

A medida que el otoño daba paso al frío

penetrante de principios de invierno, la Casa de la Lavanda estaba llena de preparativos para la próxima temporada navideña, una época tradicionalmente marcada por espectáculos extravagantes y extravagancia festiva. Las reinas decoraron la casa con una serie de luces parpadeantes, guirnaldas de colores y un imponente árbol de Navidad que brillaba desde todos los ángulos. A pesar del ambiente festivo, Alex no podía deshacerse de la ansiedad persistente que se había arraigado en su mente desde la nota anónima y su reciente roce con el peligro.

Durante una noche particularmente helada, mientras Alex ensayaba en la sala principal, adornada con una decoración navideña que hacía brillar cada rincón, recibió una llamada de un número desconocido. Vacilando sólo un momento, contestó con voz firme. La persona que llamó era un periodista de una conocida revista de entretenimiento, ansioso por presentar a Alex en un próximo número. La oportunidad era tentadora, una oportunidad para contar su historia en sus propios términos, pero todos los instintos le gritaban que también podría llevarlo a una exposición que no podía permitirse.

Más tarde esa noche, mientras las reinas celebraban la exitosa planificación de su espectáculo de Nochevieja, Alex se retiró a la tranquilidad de su habitación, con el peso de su decisión presionándolo. Le dio vueltas a la oferta del periodista en su mente, considerando todos los ángulos, pero no encontró un camino claro hacia adelante. Su deseo de abrazar su nueva identidad chocaba dolorosamente con su necesidad de permanecer oculto.

En busca de orientación, Alex confió en la señorita Electra, que la escuchó con una seriedad grave que era rara en su comportamiento habitualmente vibrante. "Cariño, el centro de atención es un amigo voluble. Puede calentarte con su resplandor, pero quemarte con la misma rapidez —dijo, sus ojos reflejando el parpadeo de la chimenea—. "Debes decidir si el calor vale la pena".

El día siguiente no trajo ningún alivio. Mientras salía a dar un breve paseo para despejar su mente, Alex notó un automóvil sospechoso estacionado frente a la Casa de la Lavanda. El mismo coche había estado allí los dos días anteriores, con sus ocupantes ocultos pero atentos. Un frío temor se apoderó de su estómago mientras se apresuraba a volver a entrar, las luces festivas de la casa ahora parecían más un faro que una decoración.

Esa noche, con la casa en silencio, excepto por los suaves sonidos de la música navideña de fondo, Alex se sentó con el resto de las reinas. Expuso sus temores, los recientes sucesos extraños y la inminente decisión sobre la entrevista. El grupo escuchó atentamente, su jovialidad habitual fue reemplazada por una preocupación compartida. Discutieron varias estrategias, desde aumentar la seguridad hasta posiblemente rechazar la entrevista, cada opción sopesó con la seriedad que merecía.

Mientras hablaban, Alex sintió la fuerza de su vínculo con las reinas, su apoyo una fuerza tangible que reforzó su determinación. Decidieron, juntos, que Alex continuaría con la entrevista, pero con medidas cuidadosas para proteger su identidad y ubicación. La decisión se tomó no solo por el bien de su carrera, sino como una postura contra el miedo que buscaba controlarlo.

Envalentonado por la decisión colectiva, Alex pasó las siguientes semanas preparándose para la entrevista y el espectáculo de Nochevieja, sus días fueron una mezcla de emoción y planificación meticulosa. La entrevista sería su oportunidad de mostrar no solo su talento, sino también su coraje, la historia que eligió contar como una de resiliencia y desafío, un hilo narrativo tejido desde el tejido mismo de la Casa de la Lavanda.

Capítulo 10

LOS ECOS DEL CORAJE

A medida que el invierno se acercaba a la ciudad, Alex se encontró en el epicentro de un torbellino de actividad. La entrevista había sido fijada, y el reportero había prometido discreción, pero el efecto dominó de su creciente fama era imposible de ignorar. Con cada día que pasaba, a medida que se acercaba el espectáculo de Nochevieja, Alex sentía que se agudizaban los bordes duales de la emoción y la inquietud.

La Casa de la Lavanda estaba viva con el espíritu de la temporada, envuelta en guirnaldas y resplandeciente de luces. Las reinas, siempre comprensivas, se unieron en torno a Alex, sus propios preparativos para las festividades navideñas se entrelazaron con los esfuerzos para asegurarse de que su próxima entrevista lo arrojara a la luz que se merecía, sin exponerlo a los peligros que temía.

En medio de este bullicioso telón de fondo, Alex pasó largas noches perfeccionando su actuación para la víspera de Año Nuevo, una pieza que esperaba que encapsulara su viaje de transformación y desafío. La rutina era una audaz mezcla de danza y monólogo dramático, un arco narrativo que reflejaba los capítulos recientes de su propia vida. Cada salto y línea pronunciada en el escenario era una liberación catártica de sus miedos reprimidos y una celebración de su nueva identidad.

Sin embargo, a medida que los ensayos finales llegaban a su fin, un incidente inquietante amenazó con desenredar los hilos de seguridad que habían tejido con tanto cuidado. Durante una sesión nocturna de prueba de vestuario, un ladrillo envuelto en una nota se estrelló contra una de las ventanas delanteras de la Casa de la Lavanda. La nota era cruda y amenazante: "Manténgase fuera del centro de atención o sufra las consecuencias". La casa se sumió en un tenso silencio, los cristales rotos eran un escalofriante recordatorio de la vulnerabilidad que podía traer la fama.

Conmocionadas, pero no disuadidas, las reinas se reunieron en la sala de estar, el sitio de muchas celebraciones anteriores ahora convertido en un punto de encuentro de crisis. La señorita Electra, con su habitual extravagancia atenuada por la gravedad de la situación, expuso sus opciones con una tranquila resolución. "Podemos dejar que esta amenaza nos empuje de nuevo a las sombras, o podemos ponernos de pie y brillar más", declaró, con voz firme e inspiradora.

La decisión fue unánime. No se dejarían intimidar para que guardaran silencio. En su lugar, utilizarían el espectáculo de Nochevieja como plataforma para demostrar su unidad y resistencia. Se duplicaron las medidas de seguridad y se alertó a las autoridades locales de la amenaza, asegurando que su celebración estaría salvaguardada.

La noche del espectáculo llegó, nítida y clara, con un manto de nieve que añadía una belleza prístina al paisaje. El lugar estaba lleno, un mar de rostros iluminados por la anticipación y el suave resplandor de las mesas a la luz de las velas. Cuando Alex subió al escenario, su corazón latía con fuerza, no solo por los nervios, sino por el peso del momento.

Su actuación comenzó en la oscuridad, un solo foco se elevó lentamente para revelarlo solo. La música crecía, una melodía inquietante llenaba la habitación, y Alex se movía, cada paso y cada palabra pintaban un cuadro de lucha y triunfo. El público quedó cautivado, atraído por su mundo, sintiendo cada emoción transmitida a través de su ingeniosa expresión.

Cuando las notas finales de su actuación resonaron en la sala, el público estalló en aplausos, una ovación de pie que reverberó como un latido del corazón en todo el recinto. Alex hizo una reverencia, con lágrimas en los ojos, abrumado por el apoyo y el amor que llenaban la habitación.

En el backstage, las reinas lo abrazaron, sus felicitaciones se mezclaron con el alivio. La noche había sido un éxito rotundo y, lo que es más importante, había transcurrido sin incidentes. La amenaza había sido enfrentada, y aunque no había sido vencida, había sido desafiada.

A medida que llegaba el año nuevo, con vítores y el tintineo de las copas, Alex miró a su alrededor y vio los rostros de su familia, la Casa de la Lavanda, y sintió un profundo sentimiento de gratitud. Habían convertido lo que podría haber sido una noche de miedo en una celebración de la vida y el arte. Y aunque el futuro era incierto, una cosa estaba clara: cualesquiera que fueran las sombras que se avecinaban, las enfrentarían juntos, como una familia unida no solo por las circunstancias, sino por la elección y por los lazos inquebrantables del amor y el coraje.

Capítulo 11

CAMBIANDO LAS MAREAS

Después del espectáculo de Nochevieja, los miembros de la Casa de la Lavanda sintieron un renovado sentido de solidaridad y propósito. El éxito de la noche no solo había sido un testimonio de su resiliencia colectiva, sino también una postura desafiante contra las amenazas que buscaban socavar sus espíritus. La calidez de su triunfo perduró mientras el frío invierno continuaba abrazando la ciudad por fuera.

A pesar de las bravuconadas externas, el

incidente con el ladrillo había dejado una marca sutil pero innegable en Alex. Se encontró a sí mismo mirando por encima del hombro con más frecuencia, y el timbre del teléfono lo llenó de un temor momentáneo antes de que pudiera recordarse a sí mismo que estaba rodeado de aliados y protectores. Su entrevista con el periodista iba a publicarse pronto, y aunque se las había arreglado para sortear las preguntas con cuidado, asegurándose de que no se revelara nada demasiado revelador sobre su ubicación o su pasado, la anticipación de su publicación trajo una mezcla de emoción y ansiedad.

La Casa de la Lavanda no se detuvo; En todo caso, zumbaba con aún más actividad. La señorita Electra, siempre matriarca, organizó una serie de talleres y eventos no solo para mantener el ánimo de todos, sino también para fomentar una conexión más profunda con la comunidad local. Estos eventos abarcaron desde tutoriales de maquillaje abiertos al público, recaudaciones de fondos de caridad hasta actuaciones íntimas que mostraron los diversos talentos dentro de la casa. Alex se dedicó a estas actividades, descubriendo que cada evento lo ayudaba a distraerse de sus preocupaciones y profundizar sus lazos con los demás.

Durante uno de esos talleres, Alex conoció a un joven fan, un adolescente tímido que le recordaba crudamente a sí mismo a esa edad. El niño, llamado Jamie, compartió sus propias luchas con la aceptación y la identidad, y Alex se sintió conmovido por el coraje que le tomó al joven fanático acercarse. Hablaron largo y tendido, y Alex ofreció palabras de aliento, sintiendo una oleada de protección y afinidad que no había previsto.

A medida que se acercaba el día de la publicación de la entrevista, la tensión dentro de la casa se hizo palpable. Las reinas, aunque las apoyaron, también se prepararon para cualquier posible reacción. Se revisaron y reforzaron los protocolos de seguridad, y todos estaban en alerta máxima. Cuando el artículo finalmente se publicó, se encontró con una ola de apoyo que superó con creces sus preocupaciones. Lectores de todo el país enviaron mensajes de solidaridad y admiración por la valentía y apertura de Alex.

Envalentonado por la recepción positiva,

Alex comenzó a sentirse más seguro de su lugar en el ojo público. Se dio cuenta de que cada expresión de apoyo era un escudo contra las amenazas a las que se enfrentaba, una afirmación colectiva de que no estaba solo.

Sin embargo, en medio de la celebración, llegó un mensaje menos bienvenido. Un correo electrónico anónimo llegó a la bandeja de entrada de Alex a última hora de la noche, y su contenido era un claro recordatorio del peligro que aún acechaba en las sombras. "Puedes brillar tan intensamente como quieras, pero las sombras siempre están esperando", se leía. El mensaje provocó un escalofrío en la columna vertebral de Alex, e inmediatamente informó a la señorita Electra.

Reunidos en la privacidad de su oficina, Alex, la señorita Electra y algunas de las reinas mayores discutieron sus próximos pasos. Decidieron involucrar a la policía, que se tomó en serio la amenaza e inició una investigación. Se mejoró el sistema de seguridad de la casa y se reforzaron las medidas de seguridad personal para cada miembro, especialmente para Alex.

A pesar de estas precauciones, Alex sintió un cambio dentro de sí mismo. Las constantes amenazas habían comenzado a forjar una nueva capa de resiliencia en él. Estaba más decidido que nunca a no dejar que el miedo dictara su vida. Inspirado por el apoyo que recibió, comenzó a trabajar en una nueva pieza de performance, una que simbolizara el viaje del miedo a la fortaleza, una narrativa que esperaba que inspirara a otros al igual que él había sido inspirado por su comunidad y sus fans.

A medida que el invierno se derretía lentamente en los primeros indicios de la primavera, Alex observó cómo el hielo se descongelaba en el jardín de la Casa de la Lavanda, viendo en él una metáfora de sus propios temores de deshielo. Sabía que le esperaban desafíos, pero también sabía que tenía una familia, un propósito y una voz que no sería silenciada.

Capítulo 12

LEGADO DE LUZ

A medida que la primavera marcó el comienzo de la renovación y el crecimiento, también trajo una temporada de reflexión y decisiones audaces para Alex. La casa de lavanda, vibrante con las frescas flores de tulipanes y narcisos que adornaban sus jardines, reflejaba el rejuvenecimiento que sentían sus habitantes. Alex, en particular, se encontró en una coyuntura crucial. Las amenazas, aunque seguían siendo una nube oscura en el horizonte, habían retrocedido un poco ante el aumento de las medidas de seguridad y las de la casa y las investigaciones en curso de la policía.

La cálida acogida de su entrevista no sólo había reforzado su confianza, sino que también le había abierto nuevas vías. Las invitaciones para más apariciones públicas, entrevistas e incluso conversaciones sobre un posible acuerdo para un libro eran ahora parte de su correspondencia diaria. Cada oportunidad era un paso más hacia el centro de atención, un lugar que alguna vez había temido, pero que ahora estaba aprendiendo a navegar con la gracia de un artista experimentado.

En medio de este torbellino de oportunidades, Alex dedicó tiempo a crear su nueva pieza de performance, que tituló "Ecos de luz". Era una narrativa profundamente personal, que exploraba los temas del miedo, la resiliencia y el poder transformador de la aceptación. La pieza iba a debutar en el festival anual del Orgullo de la ciudad, un lugar perfecto para un mensaje tan poderoso.

Mientras tanto, la Casa de la Lavanda prosperó con actividad mientras las reinas se preparaban para el festival. El vestuario, la coreografía y la escenografía llenaron cada rincón de la casa con una energía caótica pero creativa. La señorita Electra, al ver el potencial del nuevo proyecto de Alex, le dio un control creativo total sobre un segmento de su actuación en el festival. Esta confianza y responsabilidad fueron a la vez un honor y un reto que Alex aceptó con gran determinación.

Durante los ensayos, la pieza de Alex cobró vida. Presentaba una mezcla de monólogos dramáticos, danza interpretativa y música poderosa que conmovía a todos los que miraban, incluso en su forma cruda. Las otras reinas contribuyeron con sus talentos, ayudando a refinar la coreografía y mejorar los elementos visuales de la actuación. Era la creatividad colaborativa en su máxima expresión, y Alex sentía una profunda gratitud por la familia que había encontrado en la Casa de la Lavanda.

Una tarde, mientras caminaba por las bulliciosas calles para reunirse con un autor local sobre su posible libro, Alex sintió una sensación de logro que alguna vez había parecido imposible. No solo se había enfrentado a sus miedos, sino que los estaba utilizando para impulsar su viaje hacia adelante. Sin embargo, mientras estaba sentado en el café, discutiendo capítulos y narraciones, su teléfono sonó con un recordatorio del frágil equilibrio que aún mantenía. Era un texto de la señorita Electra, breve pero urgente: "Ven a casa. Necesito hablar".

Al regresar corriendo, Alex encontró la casa inusualmente silenciosa. En la sala de estar, las reinas se reunieron, con expresiones sombrías. La señorita Electra le entregó una carta que le habían entregado esa mañana. Fue más directa que las amenazas anteriores, una advertencia detallada que discutía las recientes apariciones públicas de Alex e insinuaba las consecuencias si continuaba saliendo a la luz pública.

La sala se llenó de tensión mientras discutían sus opciones. La amenaza ya no era sólo una sombra anónima; se estaba convirtiendo en un desafío directo a la nueva vida y visibilidad de Alex. La discusión fue intensa, con algunas reinas abogando por más privacidad y otras, incluida Alex, insistiendo en que retirarse de la vista pública significaría ceder al miedo.

Después de mucho debate, llegaron a un consenso. No cancelarían la actuación del Orgullo ni ningún otro compromiso público. En su lugar, aumentarían aún más sus medidas de seguridad y se coordinarían estrechamente con las fuerzas del orden locales. Estuvieron de acuerdo en que la visibilidad que Alex había ganado debía usarse como una plataforma no solo para su arte, sino también para la defensa contra el tipo de odio e intolerancia que representaban las amenazas.

A medida que la primavera se convertía en verano, se acercaba el festival del Orgullo y el segmento de Alex, "Ecos de luz", estaba listo. Fue algo más que una actuación; Era una declaración, un faro para cualquiera que alguna vez se hubiera sentido eclipsado por el miedo. De pie detrás del escenario, listo para entrar en la inundación de luces del escenario, Alex sintió todo el peso del momento. Esta no fue solo su historia; Era una historia compartida por muchos, y él estaba listo para contarla, pasara lo que pasara.

Capítulo 13

VOCES DE VALOR

Mientras la ciudad vibraba con los vibrantes colores y sonidos del próximo festival del Orgullo, el corazón de Alex era una mezcla de anticipación y nervios. "Ecos de Luz" fue más que una actuación; Era su manifiesto, su rebelión contra las sombras que lo habían perseguido desde aquella fatídica noche en que presenció un crimen que cambió su vida para siempre. Ahora, cuando estaba a punto de revelar su alma al mundo, sintió que cada ojo, cada expectativa, pesaba sobre él como nunca antes.

El festival del Orgullo fue un caleidoscopio de alegría, una celebración de la diversidad y la unidad que se extendió por todo el corazón de la ciudad. Las calles estaban llenas de banderas, el aire se llenó de música y la gente, un mar vibrante de personas que compartían una causa común de amor y aceptación. La Casa de la Lavanda, adornada con todo su extravagante esplendor, se convirtió en un faro para muchos, con Alex como una de sus luces brillantes.

A pesar de la atmósfera de júbilo, el peso de las recientes amenazas permanecía en la mente de Alex. La seguridad era más estricta que nunca; Agentes vestidos de civil se mezclaron con la multitud, y se vigilaron todas las entradas y salidas. Las reinas también estaban vigilantes, con su habitual espíritu despreocupado atenuado por una vena protectora, especialmente hacia Alex.

A medida que se acercaba la hora de su actuación, Alex se retiró detrás del escenario, el estruendo de la multitud amortiguado por las pesadas cortinas. La señorita Electra vino a reunirse con él, y su presencia era una constante reconfortante en su tumultuoso viaje. —Has convertido tus pruebas en triunfos, cariño —dijo ella, ajustando su traje, un brillante conjunto de luces y materiales reflectantes diseñados para deslumbrar bajo los focos—. "Esta noche, brillas por todos nosotros, por todos los que alguna vez han tenido miedo de ponerse de pie y ser vistos".

Al subir al escenario, Alex respiró hondo

cuando comenzó la música de introducción, una melodía suave e inquietante que gradualmente se convirtió en un crescendo. Su cuerpo se movía casi por sí solo, cada paso y cada gesto marcaba un latido en la historia que estaba contando. La multitud observaba, embelesada, cómo transformaba el dolor en belleza, su danza era una poderosa narrativa de caída y relevamiento.

A mitad de la actuación, los ojos de Alex se fijaron en una figura al fondo de la multitud, un rostro oscurecido por el ala de un sombrero, un escalofrío de reconocimiento lo recorrió. Las amenazas, el miedo, el peligro, todo se cristalizó en esa única y ominosa figura que lo observaba. Pero a medida que la música crecía y la multitud vitoreaba, Alex encontró una nueva determinación. Bailó más fuerte, habló más alto, su voz resonó clara entre la multitud: "Estamos aquí, somos vistos y no seremos silenciados".

La actuación terminó con un estruendoso aplauso, los vítores fueron una ola tangible de apoyo que lo inundó, reforzando su determinación. En el backstage, las reinas lo envolvieron en abrazos y alabanzas, sus ansiedades anteriores se disolvieron ante su declaración triunfal.

Sin embargo, la sombra en el fondo de la multitud no abandonó los pensamientos de Alex. Después del festival, informó del avistamiento a la policía, que intensificó sus esfuerzos para rastrear el origen de las amenazas. La investigación reveló vínculos con un pequeño pero peligroso grupo marginal conocido por sus puntos de vista extremos, una pista que alarmó y fortaleció la determinación de Alex de oponerse a ellos.

En las semanas que siguieron, Alex se convirtió en algo más que un artista; Se convirtió en un defensor, hablando en eventos sobre sus experiencias, sobre el miedo y la valentía, sobre la luz que debe protegerse contra la oscuridad invasora. Cada aparición, cada discurso, atrajo más apoyo, más aliados a su causa, convirtiendo lo que había comenzado como una batalla personal en un movimiento más amplio por el cambio.

A medida que el verano se profundizaba, también lo hacía el papel de Alex dentro de la comunidad y su compromiso con la Casa de la Lavanda. La casa misma se convirtió en un símbolo de desafío, un lugar donde el miedo se convertía en fuerza, donde cada canción y baile era un golpe contra la intolerancia.

Capítulo 14

UNA NOCHE DE ECOS

A medida que la estación cambiaba hacia el final del verano, la atmósfera dentro de la Casa de la Lavanda era de acción contemplativa. La presencia pública de Alex había crecido, no solo como artista, sino como un faro para aquellos que luchan con sus propias sombras. Su trabajo de defensa lo llevó a nuevos espacios (conferencias, programas de entrevistas y centros comunitarios) donde sus palabras provocaron conversaciones y su historia inspiró coraje.

Con este nuevo rol llegó una comprensión

más profunda de las responsabilidades que tenía. Cada discurso que pronunciaba, cada entrevista que realizaba, estaba imbuida de su sincero deseo de marcar la diferencia, de convertir sus experiencias una vez dolorosas en una escalera para que otros subieran hacia su propia luz.

La Casa de la Lavanda, siempre un centro de creatividad y apoyo, se involucró cada vez más en estos esfuerzos. Las reinas organizaron programas de alcance comunitario, organizando talleres y foros sobre el arte como herramienta para el cambio social. Estas actividades no solo fortalecieron los lazos dentro de la comunidad, sino que también consolidaron el papel de la casa como santuario para los marginados.

Una tarde de finales de agosto, mientras la ciudad disfrutaba de los tonos dorados del sol poniente, Alex se sentó en la tranquilidad del extenso jardín de la casa, reflexionando sobre el viaje que lo había traído hasta allí. El jardín estaba en plena floración, el aire estaba impregnado del aroma de las rosas y el jazmín, un marcado contraste con la agitación que una vez había definido su vida. Pensó en el próximo aniversario de su llegada a la Casa de la Lavanda, un año que lo había transformado de una manera que nunca podría haber imaginado.

La señorita Electra se unió a él, su presencia era tan tranquilizadora como siempre. Juntos, discutieron los planes para la celebración del aniversario, con la intención de celebrarlo con un evento que celebrara no solo el viaje de Alex, sino el crecimiento y la resiliencia de toda la casa.

—Será una noche de cuentos y canciones —declaró la señorita Electra, con los ojos centelleantes de emoción—. "Una celebración de cada batalla librada y de cada miedo superado".

El evento, bautizado como "Una noche de ecos", tomó forma rápidamente. Alex se volcó en los preparativos, diseñando un programa que incluía actuaciones de cada uno de los miembros de la casa, mostrando sus talentos individuales y colectivos. Iba a cerrar el espectáculo con una nueva pieza, una en la que había estado trabajando en secreto durante meses, una actuación que encapsulaba su gratitud y esperanza para el futuro.

Al llegar el día del evento, la Casa de la Lavanda se transformó. Las luces colgadas a través de los árboles arrojaban un cálido resplandor sobre los invitados reunidos, una mezcla de miembros de la comunidad, activistas y amigos que los habían apoyado durante todo el año. Las actuaciones fueron conmovedoras, cada una de ellas un hilo en el rico tapiz de sus experiencias compartidas.

Cuando llegó el turno de Alex de subir al escenario, el jardín se sumió en un silencio reverente. Su actuación fue una poderosa fusión de danza y palabra hablada, contando la historia de un hombre que había caminado a través de la oscuridad para encontrar su luz. Las líneas finales de su monólogo, pronunciadas con una honestidad cruda que hizo llorar a muchos, fueron una promesa de seguir luchando, de seguir brillando, mientras tuviera aliento.

El aplauso que siguió fue más que aprecio, fue afirmación. La respuesta de la comunidad reforzó el impacto del trabajo de Alex y la importancia de la Casa de la Lavanda como un faro de esperanza y resistencia.

La celebración se prolongó hasta bien entrada la noche, llena de risas y música, un crudo recordatorio de lo lejos que habían llegado. Para Alex, fue un momento de profunda satisfacción, una comprensión de que su nueva vida no se trataba solo de sobrevivir, sino de prosperar.

A medida que el verano se desvanecía en otoño, Alex continuó su trabajo con renovado vigor, sabiendo que cada paso que daba no solo labraba un camino para sí mismo, sino también para los que vendrían después. La Casa de la Lavanda se alzaba orgullosa en la ciudad, con sus puertas abiertas, sus luces brillantes: un hogar, un refugio y un testimonio del poder perdurable de la comunidad y el coraje.

Capítulo 15

ECOS DEL MAÑANA

A medida que el otoño pintaba la ciudad en tonos naranjas y dorados, la Casa de la Lavanda reflejaba una sensación de logro y paz reflexiva. El viaje de Alex, una vez marcado por el miedo y la huida, se había convertido en uno de defensa e influencia. Sin embargo, la llegada del invierno trajo consigo un estado de ánimo contemplativo, lo que llevó a Alex a considerar el futuro y el impacto duradero que esperaba dejar.

Se acercaba el final del año, y con él venían pensamientos de sostenibilidad: cómo asegurarse de que el trabajo que había comenzado continuara floreciendo, incluso si un día decidía alejarse del centro de atención. La comunidad que había construido a su alrededor era fuerte, pero conocía la importancia de fomentar el liderazgo y la iniciativa en los demás.

Durante una noche fresca, la Casa de la Lavanda celebró una reunión, convocada por Alex y la señorita Electra, para discutir el futuro. La habitación estaba llena de rostros que se habían vuelto no solo familiares sino familiares. Cada persona allí había sido conmovida por los esfuerzos de la casa, ya sea a través de la divulgación, el desempeño o el apoyo personal. Alex compartió su visión de un programa de tutoría, una iniciativa diseñada para empoderar a los futuros artistas y activistas dentro de la comunidad. La idea fue recibida con una aprobación entusiasta y los planes se pusieron rápidamente en marcha.

El programa de tutoría, llamado "Ecos del Mañana", fue diseñado para capacitar y apoyar a las personas que podrían llevar adelante la misión de la Casa de la Lavanda. Se programaron talleres, seminarios y sesiones de tutoría personal, y la respuesta de la comunidad fue abrumadoramente positiva. La casa vibró con energía renovada, ya que los miembros experimentados asumieron roles de mentores, compartiendo sus conocimientos y habilidades.

A medida que el invierno se profundizaba y caían las primeras nevadas, la ciudad se ralentizó, pero la Casa de la Lavanda siguió siendo un vibrante centro de actividad. Alex encontró una gran satisfacción en su papel de mentor, viendo en sus aprendices los mismos miedos y esperanzas que una vez lo habían consumido a él. Fue durante una sesión de tutoría particularmente reflexiva que se dio cuenta de lo mucho que había cambiado. "El mayor eco que podemos crear", le dijo a un joven aprendiz, "es el que resuena en la vida de los demás después de que nos hemos ido".

El año concluyó con un gran evento organizado por House of Lavender, celebrando el éxito de los meses inaugurales del programa de tutoría. La velada fue una espectacular muestra de talento y transformación, con los aprendices subiendo al escenario para compartir su arte y sus historias. Alex observaba desde las alas, con una sonrisa orgullosa en el rostro y el corazón lleno.

Cuando el reloj marcó la medianoche, señalando el comienzo de un nuevo año, Alex se paró frente a la multitud reunida, levantando una copa en un brindis. "Que los ecos del mañana", declaró, "sean tan brillantes y audaces como el viaje en el que nos hemos embarcado juntos".

Los aplausos que siguieron resonaron en la noche, un sonido que llevaba consigo la promesa de crecimiento continuo y comunidad. Mientras los invitados celebraban, Alex salió, dejando que la tranquilidad de la noche nevada lo envolviera. Miró hacia las estrellas, un vasto lienzo que le recordaba las infinitas posibilidades que le esperaban. Sabía que, independientemente de los desafíos y oportunidades que le deparara el futuro, estaba listo para enfrentarlos con el mismo coraje y determinación que lo habían guiado hasta aquí.

SOBRE EL AUTOR

Valentina Marquis es una nueva y vibrante voz en la literatura contemporánea, conocida por sus cautivadoras narrativas que exploran temas de identidad, transformación y la experiencia humana. Nacida y criada en el mosaico cultural de Nueva Orleans, su escritura está impregnada de una pasión por la narración de historias que trasciende los límites convencionales y se dirige a un público diverso.

El viaje de Valentina al mundo de la literatura fue tan poco convencional como sus cuentos. Con experiencia en teatro y artes escénicas, aporta un toque dramático y una profunda visión emocional a su escritura. Sus obras a menudo se adentran en las vidas de los marginados, poniendo sus historias en primer plano con empatía e integridad.

"La Casa de La Lavanda" marca su debut en el mundo literario, basándose en su amplia experiencia con la comunidad LGBTQ+ y su profundo respeto por el arte del drag. A través de sus personajes vívidos y narrativas conmovedoras, Valentina busca desafiar las percepciones, abrir los corazones y celebrar el coraje de aquellos que viven con valentía.

Más allá de sus escritos, Valentina es una ávida defensora de los derechos LGBTQ+ y trabaja en estrecha colaboración con varias organizaciones para abogar por la igualdad y la representación. También es una oradora frecuente en festivales y eventos literarios, donde discute la intersección del arte y el activismo.

Valentina reside actualmente en San Francisco, donde vive con sus dos perros, una estantería llena de historias y una colección cada vez mayor de máquinas de escribir antiguas. Cuando no está escribiendo o abogando, le gusta explorar la vibrante escena artística de su ciudad y experimentar con las artes culinarias en casa.

"La Casa de la Lavanda" no es solo un libro, sino una ventana a las luchas y triunfos de una comunidad extraordinaria, escrito por un autor que cree en el poder transformador de la narración. Con cada página, Valentina Marquis invita a los lectores a mirar más allá de la superficie y ver la belleza de la diversidad y la fuerza de la autenticidad.

RECONOCIMIENTOS

Escribir este libro ha sido un viaje de descubrimiento, celebración y profunda gratitud. Es un viaje que no podría haber emprendido solo, y esta página está dedicada a todos los que han caminado conmigo por este camino.

En primer lugar, extiendo mi más profundo agradecimiento a la vibrante comunidad de drag queens: sus historias, luchas y triunfos son el latido del corazón de esta narrativa. Has mostrado al mundo el verdadero significado de la valentía, la belleza y la resiliencia. Gracias por su valentía al romper barreras y su creatividad sin límites, que han inspirado no solo este libro, sino innumerables vidas en todo el mundo.

A la Casa de la Lavanda, a la vez un producto y un reflejo de la realidad, gracias por proporcionar un santuario ficticio donde la verdad y el artificio bailan en hermosa armonía. Este libro debe su espíritu a los espacios seguros que proporcionan las casas y los bares de la vida real, lugares donde muchos encuentran consuelo y fuerza.

Un agradecimiento especial a los innumerables activistas y defensores que luchan incansablemente por los derechos LGBTQ+. Su determinación y defensa allanan el camino para un futuro más brillante e inclusivo. Este libro está imbuido de tu espíritu y perseverancia.

A mis amigos y familiares: su amor y aliento han sido mi ancla y mi luz guía. Gracias por apoyarme, por creer en esta historia y por recordarme la importancia de contarla.

Y a ustedes, los lectores, que se embarcan en este viaje con Alex y el inolvidable elenco de personajes, gracias por su apertura y voluntad de explorar las profundidades de estas páginas. Que encuentres risas, lágrimas y un renovado sentido de esperanza dentro de esta historia.

Por último, quiero reconocer a cualquiera que alguna vez se haya sentido invisible o incomprendido. Que encuentres en este libro un recordatorio de que no estás solo, que tu historia importa y que hay comunidades esperando para recibirte con los brazos abiertos.

Este libro es un tapiz tejido con muchos hilos, cada uno vital para la integridad y riqueza del conjunto. Gracias a todos por formar parte de este increíble tapiz.

Con toda mi gratitud y amor.

Valentin